Vente des Vendredi 4 et Samedi 5 novembre 1904

HOTEL DROUOT — SALLE N° 8

EX-LIBRIS ANCIENS

N° 104 du Catalogue

M° MAURICE DELESTRE, Commissaire-Priseur

5, Rue Saint-Georges

M. LOYS DELTEIL, artiste-graveur, Expert

22, Rue des Bons-Enfants

VENTES PROCHAINES

NOVEMBRE — DÉCEMBRE 1904

4-5 Nov. Ex-libris anciens. . .	Mᵉ DELESTRE	M. LOYS DELTEIL
12 Nov. Estampes anciennes et modernes	id.	id.
Nov. Coll. Edm. Mazet. Peintures, Aquarelles, Dessins. Œuvres importantes d'Hervier. . . .	id.	id.
Nov. Coll. Germain Hédiard. Dessins — Estampes. Œuvre complet de Fantin-Latour	Mᵉ SAULPIC	id.
Déc. Coll. J. L. Soulavie		
(4ᵉ et dernière partie — Pièces historiques — Caricatures — Almanachs — Ballons — Amérique — Curiosités — Révolution — Portraits, etc.	Mᵉ DELESTRE	id.
Déc. Estampes des Écoles Française et Anglaise du XVIIIᵉ siècle	id.	id.
Très belles pièces, la plupart imprimées en couleurs.		

Les catalogues des ventes mentionnées ci-dessus seront adressés aux amateurs qui en feront la demande à l'expert, 22, rue des Bons-Enfants.

CATALOGUE

D'UNE IMPORTANTE

Collection d'Ex-Libris

FRANÇAIS ANCIENS

N° 163 du Catalogue.

Dont la vente aura lieu à Paris, Hôtel Drouot, Salle N° 8

Les Vendredi 4 et Samedi 5 Novembre 1904, à 2 heures précises

Par le Ministère de M⁰ MAURICE DELESTRE

COMMISSAIRE-PRISEUR

5, rue Saint-Georges

Assisté de M. LOYS DELTEIL, Artiste-Graveur, Expert

22, rue des Bons-Enfants

CONDITIONS DE LA VENTE

Elle sera faite au comptant.

Les acquéreurs paieront *dix pour cent* en sus des prix d'adjudication.

M. Loys Delteil remplira les commissions que voudront bien lui confier les amateurs ne pouvant y assister; il se réserve, en outre, la faculté de diviser ou de rassembler les lots.

MM. les amateurs pourront visiter la collection, *22, rue des Bons-Enfants*, du lundi 24 octobre au vendredi 28 inclus, de 10 heures à 4 heures.

N. B. La liste des prix d'adjudication de cette vente sera imprimée et tenue à la disposition des amateurs, moyennant la somme de 1 fr. 50.

On peut s'inscrire dès maintenant, chez *M. Loys Delteil, 22, rue des Bons-Enfants*.

DÉSIGNATION

FRANCE

XVIᵉ SIÈCLE

1. — Lescut (Nicolas de), Lorraine, gravé sur bois. In-8. Très rare.

XVIIᵉ SIÈCLE

2. — Bardin (Jean), prêtre. Petit in-4°. Rare.
3. — (Beauvillers de Saint-Aignan). In-8.
4. — (de Bernage, Sʳ de Saint-Maurice). Trois variantes, une signée du monogramme *B. C.*
5. — (Franç. de Bussan, Sgr de Richegron), Intendant d'Orléans. Deux variantes in-12 et in-8°.
6. — (de Cambis Dorte, Provence) — Baillard (L.) — Justel (de), par *Jean Picart*. Trois pièces.
7. — (Bernard de Carbonnières, Auvergne), par *De Jallais*. In-8°.
8. — (Crussol d'Uzès, avec alliances). Deux pièces in-18 et in-8°, la plus grande du XVIIᵉ siècle.
9. — (Crussol d'Uzès, avec alliances). Trois variantes des XVIIIᵉ et XIXᵉ siècles, une par *Nic. Tardieu.*
10. — Despont (Philippe), protonotaire apostolique, deux variantes in-8 et in-4°, une par *G. Ladame*, 1682, avec portrait et sous forme de frontispice.

11. — (du Breuil), Bourdonnais. In-4°. — (du Breuil, armoiries différentes de la famille précédente), deux variantes in-12. Trois pièces.

12. — (Du Puy du Fou, Sgr de Combron), maître des requêtes (1626-1642), par *Jean Picart*. In-fol. Très rare.

N.-B.—Cette pièce est un des plus grands ex-libris français connus.

13. — (Du Reffuge, Bretagne) — (De Quatrebarbes, Maine). Deux pièces par C. *Berain*.

14. — Fevret (Charles), conseiller au Parl¹ de Metz. In-8. On y a joint une *reproduction*. Deux pièces.

15. — Fouquet (Famille) : Fouquet (Nic.), Vᵗᵉ de Vaux — Fouquet (Mgr.) — Fouquet de Belle-Isle, maître de camp. Quatre pièces.

16. — Garaby (Antoine de), Chʳ de la Luzerne, 1642. In-8°.

17. — Gourreau (François), Sgr de Laproustiere et du Boisgilloust, deux variantes in-12 et in-4°. Rares.

18. — Granery de La Roche (Mⁱˢ), par G. *Tasnière*, *1700*. In-4°

19. — Hallé (Barthélemi), Chanoine, Rouen, par *M. P*... In-4. Rare. (Légère restauration).

20. — Huet (Pierre-Daniel), Evêque d'Avranches, 1692. Petit in-fol.

21. — Lamare (Antoine de), Sgr de Chenevarin, (Rouen). In-4.

22. — Le même ex-libris. Variante in-8° avec description typographique des armes.

23. — Richomme, écartelé de Lamare. In-8 avec description typographique des armes.

24. — (Ch. de la Porte, duc de la Meilleraie) — Anonymes. Trois pièces.

25. — Lamoignon-Basville (C. F. de) — Lamoignon — de Noyers. Deux pièces.

26. — La Reynie (Gabriel de), de Tralage, lieutenant général de police, à Paris. Quatre variantes et signature autographe (1665).

Nº 12 du Catalogue.

27. — (Le Cordelier de Chennevières — Picardie,
Champagne). Petit in-4.

28. — (Le Febvre, Sgr de la Planche), par *Jean Guérin le jeune*. In-fol. Très rare.

N. B. Le nom du personnage figurait manuscrit sur le volume ou a
été enlevé cet ex-libris de très grande dimension.

29. — (Le Jeune, ecclésiastique en Beauvaisis). Grand
in-8. Rare.

30. — (Michel Le Masle), prieur des Roches, secrétaire de Richelieu. In-8. (Restauré). Rare.

31. — (L. J. de Lorraine-Guise ?) Grand in-8°.

32. — Ludovicus bras de fer, Conseiller au Parlement de Paris. In-4. Très rare.

33. — Le même ex-libris, forma tin-12. Rare.

34. — Mareste (Antoine de), Conseiller, Avocat à la Cour des Aides de Normandie, 1647. Petit in-4. Très rare.

35. — Le même ex-libris. Variante in-8°. Rare.

36. — Le même ex-libris. Deux variantes in-12 et in-8°.

37. — Maulnorri, par Jean Picart ? In-8°.

38. — Mathieu de Moulon, par *Sébastien Le Clerc*, (non signé). In-8°.

39. — Rieux (Armoiries aux armes d'un ecclésiastique, de Rieux ?), par *Pierre de Loisy*. Petit in-fol.

40. — (Marie Roussel de Médavy de Grancey, 1ʳᵉ abbesse de St-Nicolas de Verneuil). In-8. Rare.

41. — (Denis de Salvaing de Boissieu), littérateur, avec la devise : *Salvain le plus. gorgias......* In-8. Rare.

42. — (de Sarreau) — (Durantin). Deux pièces in-12 et in-8°.

43. — Les mêmes ex-libris.

44. — (Yves, Provence, ou Yves de Sarcon, Dauphiné). Grand in-8 en largeur.

45. — (Bochard de Saron) — Blondeau (N. P.) — Couchet (Ch.) — (Proust de Martray) — (Hazon) — Farmain (C.) — (Campredon de Passavant) — Anonyme. Huit pièces des XVIIᵉ et XVIIIᵉ siècles.

46. — Anonyme (Support : deux licornes). In-8°.

47. — Anonymes. Deux pièces in-12 et in-8, l'une à grandes marges.

48. — Vignette religieuse aux trois Vertus théologales, par *Corn. Galle*. In-8 sur *velin*.

XVIII° SIÈCLE

49. — (Louis d'Anglure de Bourlemont ou J. H. d'Anglure de Bourlemont, vicaire-général de Bordeaux). In-8°. Rare.

50. — Arrachart (J. N.), deux variantes — Wavrechin (F. J. de), 1725. Trois pièces in-8.

51. — Association littéraire établie à Arras en MDCCXXXVIII (1738). In-8° par *Nonot*.

52. — La même pièce.

53. — (Aublé), par *lui-même*. In-8. Rare.

54. — Aulnay (de l'), Normandie. In-8. Trois épreuves, deux ont la tablette enlevée, une est tirée en *sanguine*.

55. — Beauharnais (François, Mⁱˢ de La Ferté), aïeul du Pce Eugène, gouverneur de la Martinique, par *Louis Legrand*. In-8. Très rare.

56. — Belissen (Mⁱˢ de), lieutenant-colonel de Dragons. Petit in-8. Rare.

57. — Beringhen (Ang. Sophie de Hautefort, Mˢᵉ de) — Du Pavillon. Deux pièces. On y a joint un plat de reliure aux armes des Beringhen.

58. — Bermingham, chirurgien anglais naturalisé en France. In-8, par *J. Ingram*.

59. — Bestion (P. Th.), par *Jeanjean*. In-8. Rare.

60. — (J F. Bignon, Conseiller dEtat, Bibliothécaire du Roi). Deux variantes par *Branche* et *P. Engramelle*.

61. — Le même ex-libris. Trois variantes.

62. — Bompar d'Agde (J. Simon), par *Baumès*. In-8. Rare.

63. — Boucherot du Fey, dessiné par *J. M. Moreau le jeune*. Petit in-8. Rare.

64. — (Joseph Marie de Boufflers, Mᵃˡ de France), par le *Chᵉ de Pujol*, 1761. In-8.

65. — Boulmiers (J. A. Julien des), ancien capitaine de cavalerie, par *R. A. Vieilh*. In-8°.

66. — (du Bouzey, cardinal, Lorraine), deux variantes in-8 et in-4, par *Nicole*, 1750.

67. — Boyat (L.), rare — Chanut (Germ.), St-Trivier, en Bresse. Deux pièces in-12 et in-8°.

68. — Boze (Claude Gabr. de), Garde des médailles du Cabinet du Roi. In-8 en largeur.

69. — Brancas, Cte de Lauraguais (Duc de), in-18, *avant la lettre* — Villeneuve de Martignan (de), par *J. Michel*, 1732 à Avignon. Deux pièces.

70. — Les mêmes ex-libris.

71. — (de Brinon), Syndic de la Cie des Indes, 1739. Grand in-8. (Restauré).

72. — H^{lle} Ch^{lle} Gabrielle, M^{ise} de Brun, dame de la Croix-Etoilée). In-8°.

73. — Cangey (de), Gentilhomme de la Chambre du comte d'Artois. In-8. Deux épreuves de tirage différent.

74. — Carvoisin (Comte de), quatre variantes in-12 et in-8, par *Collin*.

74 *bis*. — Cazotte (Cl. Pierre), Bourgogne — Montcalm (Ch^r de), par *Danchin*, à Cambray. Deux pièces.

75. — La Charité de Grenoble, par *Lançon*, à Nancy. Deux épreuves, une *avant la lettre*, rare.

76. — Chateaugiron (J. M. Le Prestre de). In-8°.

77. — Le même ex-libris.

78. — Clouet, par *De la Gardette*. In-8. (Restauré).

79. — Ex-libris? (Ch. Joach. Colbert de Croissy), par *P. Yver*. In-8°.

80. — Colin (Antoine), par *Claude Audran*, 1706. Petit in-4°.

81. — Collège des Écossais, à Paris, par *Ingram*. In-8. Rare.

82. — (Corbin de la Villeneuve, Bretagne). Deux variantes in-12 et in-4°.

83. — Le même ex-libris. Deux variantes in-8 et in-4°.

84. — Crevecœur (Lorraine, Artois), par *Nicole fils*, à Nancy. In-8.

85. — (Dubut, Curé de Viroflay). In-8. Epreuve *avant toute lettre*. Très rare.

86. — Duché, par *Robert de Launay*, 1779, d'après *C. P. Marillier*. Très jolie pièce in-8. Rare.

N° 19 du Catalogue.

87. — Du Chemin, Sgr de la Tour (L. F.). Six pièces comprenant cinq variantes.

88. — Armoiries du C^t Durazzo. Grand in-8.

89. — Les mêmes armoiries. Deux variantes in-18 et grand in-8°.

90. — Les mêmes armoiries. Trois variantes, une in-18, deux, grands in-8°.

91. — Favart (Henri), chanoine de l'Église Métropo-
litaine de Reims, 4 variantes in-12 et in-8°.

92. — Foissey (Alexis). Trois variantes (une typogr.),
deux par *Thérèse Brochery*.

93. — Folard (Ch^r de), écrivain militaire. Trois pièces
(deux variantes).

94. — Fontenay (de), par *J. M. Moreau le jeune*,
1773. Très jolie pièce in-8°. Rare.

95. — Fougeroux de Bondaroy, de l'Académie des
Sciences, par *Criez* — Fougeroux de Secval,
Ancien capitaine des Vaisseaux du Roi. Deux
pièces.

96. — (J. L. J. J. S. Fournier, bourgeois de Ginestas),
par *Baumès*. Petit in-8°. De toute rareté.

97. — Fressanges (Antoine de), 1752 — (de Boussac)
— (Mis de Bony), par *Roy, gra. sur tous
métaux* — Anonyme. Quatre pièces in-8°.

98. — Frizon de Blamont (Nic. Remi), Président au
Parlement de Paris, 1704. Sept pièces par
J. Le Roux et anonymes, comprenant *six
variantes*.

99. — (Galet, Lorraine), par *Derond*. In-8. Très
rare.

100. — (de Gamaches, Picardie) — (Arnaud de Pom-
ponne, abbé de St-Médard), par *J. Gosset*.
Deux pièces in-8°.

101. — Les mêmes pièces.

102. — Gironcourt (Boucher de), Metz, par *Collin*.
In-8°. Rare.

102 *bis*. — Gricourt (abbé de), par *A. T. C.....y*, 1750.
In-8°.

103. — Grozelier, par *L. Monnier* (non signé) — Chan-
renault (J. Ant. de), Dijon, par *L. Monnier*.
Deux pièces in-8°.

104. — Gueulette (Thomas), auteur comique, par *Bel-
langer*. Petit in-8 en largeur. Très rare.

105. — Harscouet de St-George, par *Ollivault*. In-8°.
Rare.

106. — (de Harville des Ursins, Mis de Traisnel), deux variantes, une de format petit in-4, par *Stagnon*.

107. — Hell (Fr. Jos. Ant.), Administrateur du Haut-Rhin, par *P. P. Choffard*. In-8° (Le nom du graveur *gratté*).

108. — Jarry (R. M.), par *Boutrois*. In-8.

109. — Jeanjean (Antoine), de Strasbourg, ecclésiastique. Deux variantes in-12 et in-8°. On y a joint un *fac-simile* d'une 3e variante.

110. — Keralio (de)? In-8°. Rare.

111. — Kermenguy (R. F. de), par *La Biche*, très rare — Kermenguy (L. de). Trois pièces in-8°.

112. — (Christophe de Klinglin), Président honoraire du Conseil souverain d'Alsace, par *J. Striedbeck*, à Strasbourg. In-4.

113. — Laborde (Jean Benjamin de), auteur des *Chansons*, et Adélaïde de Vismes son épouse, 1786. In-8 de forme ovale.

114. — La Rochefoucauld (Famille des). Cinq variantes, une par *Louis Legrand*.

115. — (Marie M. L^{se} F^{se}, P^{esse} de Salmkirburg, D^{sse} de La Trémoille et de Thouars). In-8. Rare.

116. — (A. René de la Trémoille, duc de Thouars et Victoire de La Tour d'Auvergne, sa femme) — Merliac (Gélibert de). Trois pièces in-8, une par *Tardieu fils*.

117. — Launay (Jean B^{on} de), 1662. Petit in-fol. Épreuve à grandes marges. Rare.

118. — Le même ex-libris. Variante in-8°. On y a joint ceux du Ch^r de La Haie et du Ch^r Verdier de Vauprivas. Trois pièces.

119. — Laussat (J. Gratien de), Conseiller au Parlement, par *Ollivault*. In-8. Rare.

120. — Le Bouthillier (Famille des). Cinq variantes, une pièce en tirage moderne.

121. — Le Couteulx (Famille). Six variantes, une par *Lachaussée*.

122. — Le Daulceur (Elis. Marie), comtesse de Mellet. Trois variantes in-12 et in-8°, deux par *Louise Le Daulceur*, d'après *E. Bouchardon*.

123. — Lemoine de la Giraudais (D. J. M.), député, (1789), 3 variantes et signature autographe.

124. — Lemoine, Avocat et Instituteur de la jeune noblesse, à Paris. Jolie pièce petit in-folio. Rare.

125. — Le même ex-libris. Deux variantes in-8 et grand in-8. On y a joint une pièce, *chiffre inventé par Mayer Père, Graveur en Bijoux, 1792*. Trois pièces.

126. — Lengroingnet (Ant.), Conseiller au Parlement de Besançon, par *Bouchy*, 1732. In-4. (Le nom du titulaire gratté et retranscrit à la plume).

127. — (Le Prudhomme de Fontenoy, près Toul), par *Nicole*, à Nancy, 1745. Deux épreuves, une ancienne (lég. rest.).

128. — Longaulnay (de) — (Blanchard de la Chapelle). Deux pièces in-8°.

129. — Armes au chiffre du Roi Louis XV. Deux pièces petit in-4 en largeur, différentes, l'une gravée par *Jean Audran*, d'après *Antoine Dieu*.
N. B. Cette pièce est regardée par certains amateurs comme un ex-libris.

129 *bis*. — (de Lucenay), deux variantes, une par *Cl. Roy*.

130. — Lulin (Amédée), famille originaire du Chalais, par *Bernard Picart*, 1722. Epreuve de la collection de *Robert-Dumesnil*.

131. — (Macheco de Prémeaux), abbé de Ste Marguerite, évêque de Conserans (Gascogne). Deux variantes in-12 et in-8°.

132. — Mahuet (J. B. C. et Ch. Ignace de), comtes de Lupcourt — Mahuet (de), Sgr de Coivilliers. Quatre pièces in-8, une par *Nicole*, à Nancy, 1744.

133. — (Marie Yves Desmarets, Comte de Maillebois)
     par *Delafosse*. Jolie pièce in-8°.

134. — Marchand (Prosper), à Paris, *viâ Jacobaeâ*,
     par *B. Picart, 1709*. In-12 en largeur. On y
     a joint une reproduction.

N° 32 du Catalogue.

135. — Marcol (Pascal), Conseiller à Nancy. In-4°.

135 *bis*. — (Masson d'Autume, Franche-Comté), par
     Ingouf le jeune. Rare.

136. — Ménardière (Ménard de la), Normandie. Deux
     variantes in-12 et grand in-8°.

137. — Menin (Nicolas), Conseiller à la Cour de
de Metz, 1740. Jolie pièce in-4°. Rare.

138. — Ex-libris du même titulaire, variante de même
format. Très rare.

139. — Merard de St-Just, littérateur. Trois variantes
in-12 et in-8, une par *Croisey*.

140. — (Messier, Astronome de la Marine, 1782). Cinq
variantes.

141. — (Michel de Léon), bibliophile et collectionneur.
Trois variantes in-8 et petit in-4°.

142. — Midy de la Grainerais et Midy Duperreux.
Sept variantes in-12 et in-8°, trois par *Gouel*
et *D. Jacques*.

143. — Mongez (J. A.). In-8°.

144. — Narbonne Pelet (Fr. R. Joseph de), gouverneur en Languedoc. In-fol., par *Claude Roy*.
Très rare.

145. — Le même ex-libris. Variante in-8° par *Cl. Roy*.

146. — Le même ex-libris. Variante in-8, non signée.

147. — Le même ex-libris. La même pièce, *les dra-
peaux effacés*.

148. — Nicolai (Fréd.), trois variantes in-8° et grand
in-8°.

149. — Nicolay (Aymar Jean de), marquis de Gous-
sainville. Deux variantes, une par *Claude
Roy*, très rare.

150. — (Philibert Orry de Fulvy, Sgr de Vignory,
Chapelle, etc.), trois variantes, une par *Mau-
touchet*.

151. — P*** (S. S. E.), à la devise : *Labor omnia
vincit*, par *Robert Strange*, 1749, d'après
Ch. Eisen. Jolie pièce in-12.

152. — Perrault (François), par *Le Tillier*, 1764. In-8.
Très rare épreuve *avant toute lettre*.

153. — Petitbois (J. A. Pinot, Sgr du), par *Ollivault*,
1772. In-8°.

154. — Puysegur (de Chastenet, Comte de), par *J. Le
Roy*. 1764. In-8°.

155. — Quarré de Monay, Autun (L'abbé) — (Quarré
d'Aligny, Nivernais), trois variantes. Quatre
pièces in-12 et in-8°.

156. — Roland de Challerange, *Conseiller* au Parlement. — Mme Roland de Challerange. Deux
pièces in-8°.

157. — Sabatier d'Astors (R. L.) — Rivalz de Gincla
(de). Deux pièces in-8° par *Baumès*.

158. — Salis (Andreas de), Colonel au Régiment
Suisse, deux variantes, une par *P. P. Choffard*, rare.

159. — Saumery de la Carre (Johanne et J. Franç. de).
Trois pièces.

160. — Savoie (Maison de). Trois variantes in-12 et
in-8°.

161. — Secousse (D. F.) — Anonyme. Deux pièces
in-8 par *Claude Roy*.

162. — (Séguin d'Agencourt), Bourgogne, signé :
L. Monnier fecit Divio, 1764. In-8°.

163. — Souchay (de), de Lyon. Dessin original de Ch.
Monnet pour la gravure de Choffard.
A la plume lavé de bistre.

164. — Souchay (P. H. de), par *J. J. de Boissieu*.
Epreuve restaurée.

165. — (Louis de Talaru, Mis de Chalmazel, Colonel
d'Infanterie) — Thiery (J. J.), par *F. Lalle-
mand, 1745*. Deux pièces.

166. — Talon (Antoine Omer), Avocat au Chatelet.
Deux variantes in-8°.

167. — Thomasseau de Cursay (J. M. J.), de Landry,
par *P. P. Choffard* (non signé). Grand in-8°.
Belle pièce.

168. — Le même ex-libris.

169. — Tousard (Le Ch^r), Chevalier de St Louis, par
H. Avril. In-8. Rare.

170. — (Trudaine de Montigny). Intendant général des
Finances, par *Berthault*, d'après *Le Sage*.
In-8°.

171. — Le même ex-libris. Variante par *Berthault*. Petit in-8°. Rare. On y a joint l'ex-libris de P. Trudon du Tilleul. Deux pièces.

172. — Vitry (de) — Anonyme, à la devise : *Hic Cornil levat*. Deux pièces par *Nonot*.

173. — (de Volvire), Poitou, Bretagne, Limousin, par *Claude Duflos*. In-8. Rare.

174. — Wirtz de Rudentez (MM.), par de *Grado*, d'après *Ignace Wirtz*. Deux épreuves d'état différent, l'une avec l'inscription suivante : *Etude militaire des Officiers du Rég' Suisse de Wirtz*.

175. — Les mêmes ex-libris. Deux pièces.

176. — Anonyme (support : deux dauphins), par *Thomassin*. Grand in-8°.

177. — EX-LIBRIS FÉMININS — Bourbon-Conti (L^se Adélaïde de) — Valois (Mme et Mlle de). Deux pièces.
On y a joint un ex-libris du XIXe siècle (Famille Royale).

178. — Bourzac (M^ie H^tte Achard de Joumard de Légé, C^sse de) — Roullière (A. B. de la), 1748. Deux pièces rares.

179. — (H^tte Ch. Gabrielle, M^ise de Brun, dame de la Croix-Etoilée). In-8°.

180. — Fuligny-Damas (G^lle de Pons, C^sse de). Deux variantes in-18 et in-12, la plus grande par *Cl. Roy*.

181. — Pons (E. Marie Anne de Cossé, M^ise de), 2 variantes.

182. — (Victoire de Rohan-Soubise, P^sse de Guéménée), par *Germain ?* In-8°.

183. — Roland de Challerange (Mme), tirée en *sanguine* — Musset-Depatey (Mme de), 2 variantes. Trois pièces.

184. — (Mme de Silva), 2 variantes in-12 et in-8, uxe gravée d'après *Ch. Eisen*.

185. — Armoises (M^bse^ des) — Doublet de Persan (Mme) — Montesson (M^se^ de), née J^e^ de Béraud de Riou. Trois pièces in-12 et in-8°.

186. — Beauvau (M^ie^-L^se^ M^le^ de) — (Bonnier de la Mosson (Anne Josèphe) — (de Lanery de Pronleroy) — Desbordes-Valmore — L'Hospital (C^sse^ de), par *Merché*, 1753 — Tordreau (M. et Mme), par *Danchin*, à Cambrai — Anonyme. Sept pièces in-12 et in-8°.

187. — Choiseul (Marg. Gen. de Labriffe, C^sse^ de) — Boisgelin, dame de Remiremont (C^sse^ de). Deux pièces in-8°.

188. — (Mlle de Moreton de Chabrillan) — Glandèves-Mercier (Lucie de) — (Mme de Villersvaudey). Trois pièces in-8°.

On y a joint deux ex-libris typogr. du XIXe siècle (Mmes de Malijay et Marescaux).

189. — (Mlle de Thil, poëte), deux variantes, une par *Desloges* — Besset de la Chapelle Milon (Eliz. Henriette de). Trois pièces in-12.

190. — Saumery de la Carre (Johanne) — Jubert de Bouville. Deux pièces in-12 et in-8°.

191. — Anonyme (Ex-libris de Femme). In-8°.

192. — Ex-libris féminins, la plupart *typographiques* : (Abbesse de Bellefourière, restauré) — Carmélites de Venise — Perdriau (M^le^) — St-Michel (Mme de) — Carmélites de Paris — Dufrenoy (Mme) — Belsunce (Mme de), etc. Seize pièces (XVIIIe et XIXe siècles).

193. — Camelin (Mlle) — Prié (Polixène) — Court (V^e^) — Bidault (Mlle) — Beuron (Mme de) — Batel (Mme), Rouen — Noailles (Mme Ch. de), etc. Dix-sept pièces.

194. — Ecclésiastiques : Beaune (Ville de), Côte-d'Or. In-8. Rare. On y a joint l'ex-l. de F. Cajon ? (réimpression).

195. — Chartreuse de Beaune (Côte-d'Or). Deux variantes in-12 et in-4°. une signée : *F. L.* Rares.

196. — (J. B. Bossuet, évêque de Troyes) — Anonyme, à la devise : *Adjuvante Servatore* — Buisson (J.) — Cornu (P. D.). Quatre pièces.

197. — Chapitre de Lisieux — (Dumoustier de Canchy, chanoine de Bayeux), deux variantes — Rambaud, Regnault, Gille, (Lisieux), etc. Huit pièces.

198. — Chassebras (J. B.), chanoine de l'église de Chartres — Vidien de Mervile — Brouchier (P. J.) — Anonymes. Six pièces.

199. — (Delaplanche, bibl. du Séminaire de l'Oratoire, XVIIᵉ S.) — Bonnay (F.) — Demange (F.) — Lais (J. M.), Evêque d'Hipponie, etc. Huit pièces.

200. — Du Cros (J. P.), pasteur — Abbaye du Val St-Lambert, par *H. Godin*, 1779 — Anonymes. Quatre pièces.

201. — Gavois (C. L. de) — Anonyme, par *Jeanjean* — Jollain (J.) — Saumery de la Carre (Alex.), deux variantes. Cinq pièces.

202. — Grands Carmélites, de Lyon — Laurence (Le Prieur) — Astier (P. A.) — Dugad (L. Cl.). Lyon — Bouvier (J. M.) — Rollin (J. C.) — Valette (J. de), chef du Consistoire. — Anonyme. Huit pièces.

203. — Lecauchois — Lassalle (F.) — Mindo, évêque de Carie — (Fleuriau d'Armenonville), etc. Neuf pièces (XVIIIᵉ et XIXᵉ siècles).

204. — Lequien de la Neufville (C. A.), Evêque de Dax, chanoine hon. de Bordeaux. Deux variantes.

205. — Maurand de Sᵗ Joseph — (Fortin de la Hoguette), par *F. Ertinger* — Paluette (abbé de la) — Evrard (I.), etc. Huit pièces.

206. — Odet (Ignace d'), Curé d'Assens, 2 variantes, par *P. Schueler*, une tirée en *sanguine*.

207. — Pille (Florent de), chanoine de Nesle la Reposte — Jamelin (P. C.), 1792. Deux pièces in-8°.

208. — Prémontrés de Reims, 3 types — Cisterciens,
Quatre pièces.

209. — Reims (Abbaye royale de St Pierre, de) —
Reims (Monastère St Remi, de). Deux pièces in-8°.

210. — Sainte Marie Majeure, à Pont-à-Mousson, par
Nicole, à Nancy, 1751. In-8°.

211. — Séminaire St Irénée, de Lyon, par *Tardieu
fils*. Petit in-4° en largeur.

212. — Séminaire St Charles de Lyon, 2 variantes —
Séminaire St Irénée de Lyon, ex-l. typogr.
— Perachon (C. M.) — Neuville (C. de). Cinq
pièces, y compris 3 ex.-l. typogr.

213. — Séminaire de Carcassonne — Besons (A. de),
évêque de Carcassonne, 2 variantes — Vi-
guier (J. B.), St Rome-Gualy, de Bonne-
chose, Maineau, du Clergé de Carcassonne.
Huit pièces.

214. — Militaires — Boulmiers (J. A. Julien des) —
Anonyme. Deux pièces.

215. — (A. L. Dupré de St Maur, lieutenant aux Gardes
Françaises) — Gay (Bruno), capitaine —
Greppo (J. G. H.), etc. Cinq pièces.

216. — Ex-libris ? à portrait de G. J. de Froment, B^{on}
de Castille, avec la devise : *Fais ce que dois
Advienne que pourra*, 1812. Petit in-4°.

217. — Gaudard (L. César), Capitaine en France, par
D. — (Boesse de Nussy) — Langlois, directeur des fortifications. Trois pièces in-8°.

218. — Guillaumot Dauboulard — Marrault (de la
Ribellerie de) — Envie (J., Cte d'). Trois pièces in-12 et in-8°.

219. — Juigné (J. G. L. Leclerc de), colonel d'infanterie — (de Buzelet) — (de Beaumont d'An-
tichamp) — (du Bellay, Mis de Thouarcé).
Quatre pièces in-12 et in-8°.

220. — Les mêmes ex-libris.

221. — Lafarge, au Rég^t Soissonnais — Isnard (Laurent), par *C. Campion*, 1770. Deux pièces
in-12.

222. — (Albert de Luynes, duc de Chevreuse), colonel général des Dragons. Deux variantes in-8, par *Cl. Roy*.

223. — (De Muralt) — Grézière (J. L. C. de la) — Affry (Comte d'), 2 variantes, une par *Demonchy* — Cannac (P. P.) Cinq pièces in-8°.

224. — Saulcy (L. J. de), capitaine à Embrun, 2 variantes (une typographique) — Fougeroux de Secval. Trois pièces.

225. — Bibliothèque de la 21ᵉ demi-brigade légère. In-8 en larg. Rare.

226. — *Ex Liber : ser : Principis Cenoman : Ducis Biblioth. : Coll : Aug : fundatoris an : 1729*. Deux épreuves, une de tirage ancien.

227. — Régiment du Dauphin, Infanterie, par le *Chʳ de Pujol*, 1761. Epreuve *avant la lettre*. Rare.

228. — Régiment du Dauphin, Infanterie, variante. In-12.

229. — Médecins : Le Dru (J. Ph.), huit variantes — Briot (C.) — Le Dru (N. P.), comnu sous le nom de Comus. Quinze pièces.

230. — Le Dru (J. Ph.). Six pièces, plusieurs variantes.

231. — Le Moine (Sil. Ant.), médecin. In-8. Rare.

232. — (Rosselet) — Bailley (C. G.) — Goy (J.) — Ernon (T. J. P.). Quatre pièces in-8°.

233. — Willet (F.) — Naquet — Guyot (H.), 1734 — Lamarre (Raimond), par *Jonveaux*, deux épreuves, l'une le nom gratté et remplacé à la plume par celui de L. Clouet. Cinq pièces in-8°.

234. — Intérieurs de bibliothèques : Pontus (B.) — Hermant (J.), curé de Maltot — Rumare (Grégoire de), trois variantes. Cinq pièces in-12 et in-8°.

---

235. — (Abadindi, peintre), par *Sergent*? 1760 — (Anthès (d')) — Amet (L.) — Aleyrac (d') — Amyot (G. F.) — Arbanere. Six pièces.

236. -- Abbaye de Montmajour, près Arles — Animé
(C.) — Chaize (R. P. Fr. de la) — Granjon
(Ant.) — (de Gontherin) — Boistel (A. M.),
etc. Neuf pièces.

237. — (Abeille) — (Beausset de Roquefort), deux variantes — de Riccé, deux états. Cinq pièces.

Nº 81 du Catalogue.

238. — (J. B. d'Agut), par *Maretz* — Lartigue (Et. de)
— (D. Robely) — (J. A. de Croze), par
Michel, Arles, 1727 — du Temple — (Cap-
peau d'Istres) — Mouton, à Grasse, etc.
Neuf pièces.

239. — Andrault (P.), par *Delarbre* — Durand de
St Cirgues, 1737, deux variantes — (de Ma-
tharel), par *V. Pezant* — (Desaix) — Murat,
etc. Dix pièces (Auvergne).

240. — Anonyme, par *J. Michel*, Avignon, 1730 —
Loge des Francs-Maçons d'Avignon — Fau-
cher (J.), jésuite, deux var. typogr. — Anonymes. Sept pièces.

241. — Anonymes à devises : *Lassus firmius figit pedem*, par *Mme Bernard* — *Regit prudentia totum* — (Le Roy? devise : *Je suis Le Roy sauve le Roy*). Trois pièces.

242. — Anonymes à devises. Huit pièces in-12 et in-8°, une par *Ramel*.

243. — Anonymes à chiffres. Quatre pièces, une par *Louis Legrand*.

244. — Anonymes. Trois pièces, une en deux états.

245. — Anonymes : Huit pièces in-12 et in-8°.

246. — Armoiries et ex-libris. Quatre *dessins anciens*, un *enluminé*. Trois lots.

247. — Bally (M. J.), Grenoble, 2 variantes — Courbon (J.), 1690, 2 exempl. ex-l. typogr. — (de Suarez d'Aulan). — de Boyve. Six pièces.

248. — (Barberin) — (Gassendi, Sgr de Campagne), 2 états — (de Foresta) — (de Ravel) — Valbelle de Tourves (M. L. J.). — (J. A. Chambon) — (J. B. Ferraudy). Huit pièces in-12 et in-8°.

249. — Barberot d'Autel (E.), par *Guillot*, à Lyon — Bousson (J. C.), par *Micaud* — Patouillet (J. F.), par *Bouchy* — Franchet (C. I. E.). Quatre pièces.

250. — Barnier (Emm.) — De Ville de la Boullaie — Duguet (D.) — Pupil (Pierre) — Ste Colombe l'aîné (de) — (de Boys ?). Six pièces in-12 et in-8, y compris une marque typographique.

251. — Begon (Scipion-Jérôme), par *Nicole*, 1750 (réimpression) — (Fevret de St-Mesmin), in-12 de forme ronde. Deux pièces.

252. — Belier (R. Tanneguy) — (Bachelier), 2 variantes — Brion (J. B.) — Beraud (P.) — de Vandelle. Six pièces.

253. — (de Bellaing) — Broudet — Bolomier (Jos.), par *J. H.* 1740 — Bourgeois (B. L.) — Breteuil (B^on de) — Anonyme aux initiales I. B. B. Six pièces.

254. — Bergié (F.) — Bonnaire (C. de) — Anonyme,
par *Pallière* — (Pascal de Chateaulevent).
Cinq pièces.

255. — Bergiron (Ant.) — Delagrave — (P. Outrequin,
par *Choffard ?*) — Des Tables (L.) — Fabré
(J.), par *Mercadier*, etc. Dix pièces.

256. — Bertin de Fligny — (Doyen) — Voulges (C. de)
— Fevret de S¹ Mesmin, 2 variantes — (Pa-
gel de Ventoux), par *P. L. Cor* — Rigoley
de Juvigny — Cironcourt (R. de) — Le Lor-
rain (P. R.). Dix pièces in-12 et in-8°.

257. — Bibl. S¹ Etienne, de Nevers — (Chapitre de
Nevers) — Imbert de la Platière (C¹ᵉ) — Gi-
nestous de Challay (de) — Pucelle (René).
Cinq pièces.

258. — (Bigot de la Turgère), (réimpression) — Sa-
blonières (de), 2 variantes — Orange (J. B.)
— Quentin de Morigny — Asselin (J.),
copie — (Meaupeau de Morangles). Huit
pièces.

259. — Blanzy (Michel de), 1689, ex-dono typographique — (Abbé de S¹ Didier, N. D. de Lan-
dève) — Bertin du Rocherez (P. V.) — Mal-
fillatre (F.). Quatre pièces.

260. — Boissy d'Anglas — Baujan — Barbier (J.) —
Bellaing (Moreau de) — Bulan fils — Bourgeois (J. B.) — Barry (P.), etc. Onze pièces.

261. — Bonnard, 2 variantes — (Boucher d'Orsay) —
Barlot — Badoux (F.) — Bollant Bᵒⁿ de Rigny,
par *Doyen*. Six pièces in-8°.

262. — (de Bourbon-Malause-Maniban), rare — Régiment de Touraine — Baraudin (D. F. Hono-
rat de) — Duplessis, Officier, Orléans. Quatre pièces.

263. — Bourdier de Beauregard (V.) — Xaupi (J.),
2 variantes par *Avisse* — (Coppens, réimpression). Quatre pièces in-8°.

264. — Bourlamaque (Cl. Ch. de), capitaine au Rég¹
de Saluzy — Le Large de Nyœil, par *G. Nas-
sivet fils*, 1743 — Morand (Chʳ). Trois pièces
in-18 et in-8°.

265. — Bourlet (de) — Bourlet de Vauxcelles — Bou-
lot (de), 1706 — Boveron (P.), 2 variantes —
Boitet de Richeville. Six pièces in-8°.

266. — Boutandon (de), imprimeur à Clermont-Fer-
rand. Deux états. On y a joint l'ex-1. F.
Delapchier, à Riom. Trois pièces.

267. — Boutandon (de) — B^{on} de La Broue de Vareilles,
avec la devise : *In manibus Domini sors
mea*. Deux pièces.

268. — (Bouvet de la Plesse) — Grammont, deux
épr., l'une le nom enlevé et remplacé par
celui manuscrit de J. J. J. Blin, directeur des
Postes à Rennes. Trois pièces.

269. — (Brochet de St-Prix), deux variantes — (P. du
Puy) — Bourdon (M. J.), 1776 deux états —
Reuillon — Silva (A. Cl.), deux états. Huit
pièces in-12 et in-8°.

270. — (C. M. de Broglie) — Javelle (E. A.), par *Man-
donnet* — Le Mercier (J. A.) — Bollioud de
St-Julien — Anonyme. Cinq pièces.

271. — Bulteau de Préville (P.), par *P. Giffart* — Le
Normant (J.), évêque d'Evreux — Couvert de
Coulons, par *Gouël* — Bidault, 1707. Quatre
pièces.

272. — Buret de la Massais, par *Ollivault*, à Rennes
— Le Gonidec de Traissan (B.), deux variantes. Trois pièces in-12 et in-8°.

273. — (de Campagne) — Poncet de la Grave (P.) —
(de Béthune), trois variantes par *Delcourt
fils*, *M. Lemaire* — (de Grimaldi) — Fauvel
(abbé) — (Molenkamp?). Neuf pièces.

274. — Carrere de Peyrusse (A. G.) — Lagorrée (abbé
de), Chanoine de l'Eglise de Toulouse —
Bardy (abbé) — Brienne (Et. Ch. de Loménie
de), par *Arthaud* — Dheliot (B.), deux variantes, par *Arthaud*. Six pièces in-12 et
in-8°.

275. — Cazotte (Cl. P.) — (de Drée) — (d'Andrée) —
(J. Clopin, maire de Dijon) — Vernisy (J),
dessin, etc. Sept pièces.

276. — (de Champlite) — Dandigné de la Châsse (J. F.)
— (de Loisy ? par C. D. (*Duflos*) — Mont
de Savasse (F.) — (Lantin, Sgr de Montagny)
— Morand (R. M.) — Anonyme aux initiales
J. F. P. G. Sept pièces in-12 et in-8°.

N° 158 du Catalogue.

277. — Charbonnel Guesnerie, Capitaine de Dragons
— Calvière (C. F. de), Commandeur de
St-Louis — Saint-Jory (Ch^er) — Anonyme.
Quatre pièces in-12.

278. — (Chauvelin, Garde des Sceaux — Celon (de) —
Champavert (N. Rosé de) — Cazes (Cl. Louis
de) — (De Champcenetz) — (Du Chatel). Six
pièces in-8°.

279. — (Chavagnac) — (de Ligondès) — Barbe (J. B.)
— Gayffier (de), trois types — Vimal-
Lajarrige — Turge (O.). Huit pièces (Au-
vergne).

280. — (Chenu de Gastines), deux variantes — (Le
Fèvre de la Fontardière de Beaufort) —
Beaufort — Négrier de la Crochardière —
Launay (de) — Martigné — Bernard l'aîné
(Le Mans), etc. Douze pièces y compris sept
ex-l. typogr.

281. — Cherier (Claude), ancien abbé de Chastelcen-
soy — (Gondi, dit Gondin) — Thevenin de
Tanlay (J.) — Piochard de la Brulerie, trois
variantes — Tuet (J. C. F.) — Harlay (Ach.
de), etc. Dix pièces.

282. — Chesneau — Berbier du Metz — (Bitaut), par
Chaumier — de Maridort, par *Chabany* —
(Prieuré St Jacques, la Flèche, réimpression).
Six pièces.

283. — (Chevalier Galand, Sgr d'Etrépagny), deux variantes -- (J. F. de La Mothe, devise : *Et
prava coquendo reformat*) — (Godefroy) —
(Dubois de Saran). Cinq pièces in-12 et
in-8°.

284. — Chevalier (Joseph) — Chevallié (Armant) —
Humbert (L. F.), Lorraine. Trois pièces.

285. — Chevillat (Ch. Martin) — Bugniard de Solville
— Bedigis (Ph.) — Anonymes. Six *dessins*,
deux *enluminés*.

286. — (de Choiseul-Beaupré, arch. de Besançon),
deux variantes — (L. A. de Noailles) —
Arnavon (J.) — Samier (J. F.) — Juliand (J.)
— Anonyme. Sept pièces.

287. — Choisey (Richardot de), réimpression — Du
Chesne (P.), par *Bouchy* — Desprez de
Roche, par *Lordonné*, à Dole — Flavigny
(J. G.), Vesoul — Congrégation des grands
artisans de Vesoul. Sept pièces.

288. — Constantin — Chammeville (de) — Chatillon
(P. S. M.) — Coste de Champéron, 2 variantes — Colaud (M.) — (Nic. Cornet) —
Corbeau de St Albin. Huit pièces in-12 et
in-8°.

289. — Conzie (Mⁱˢ de) — (de Maistre) — Filliard
(P. L.), Savoie — Loche (Cᵗᵉ de), 3 var.
typogr. — (Mⁱˢ de Moustiers), etc. Dix
pièces.

N° 158 du Catalogue.

290. — Cougniou (Philippe de), chanoine d'Orléans —
Cougniou de Marville (M. H. de), par *Huquier
fils* — (Ollier du Touquin). Trois pièces in-12
et in-8°.

291. — Delacour — Dubois de St-Hilaire — Duval —
Dichel (J. A.) — Dupras (C. J.) — (Dedelay
de la Garde) — Dugas aîné — Dupont de
Gault — Moisson d'Urville. Neuf pièces.

292. — Delessert, 3 variantes — Clavier (Etienne)
— Petit (Fl. Gabr.), Lyonnais. Cinq pièces.

293. — De l'Horme de l'Ile — Ruffier (Cl.) — Caze-
nove — Girié — (de Guérin) — Barthelemy
(S.). Six pièces.

294. — Delisle — De Bocté, 2 variantes — Pinçon —
Bibl. du Château d'Eu, etc. Dix pièces.

295. — Desmazis de Boinville (Ch⁷) — Beaufond (Le
Prince de) — Le Prince au Mans — Tascher,
par *Cl. Roy* — Charpentier (A. J. L.) —
(J. C. J. de Faultrier) — Condé (Bᵒⁿ de),
Lorraine. Sept pièces in-8°.

296. — Dolfuss (J. H.), médecin — Du Conte (B. A. X),
Strasbourg — Société littéraire de Colmar —
Meuron (Henri), Strasbourg, par *R. Brichet*.
Quatre pièces in-8°.

297. — Dollon (de la Goupillière, Mˡˢ de), 2 variantes — D'Ampoigné (Cᵗᵉ d'Heliand), 3 variantes, une par *Gossard* — Beauchamps (de),
XIXᵉ siècle. Six pièces in-8°.

298. — Dorat de Chameulles (Cl.) — Dudevant
(L. Hyac.) — Duval. Trois pièces in-12 et
in-8°.

299. — Ducoudray (F. C.) — Marivet (Claude, Mˡˢ de)
— (Blanchon), 3 épr., 2 variantes — Margiec,
épreuve *avant la lettre, très rare*. Six pièces
in-12 et in-8°.

300. — Du Four (L.) — Marescot, par *Duplessis* — Le
Roy, par *Jacques*, à Rouen — Guenet
delouye (L. E.), dame prieure — Manneval
(L. de), par *C. M.* (Normandie). Cinq pièces
in-8°.

301. — Dufresne (Melchior), 2 exempl. — Couchet,
Bourgogne, par *N. C.* (Cochin?) — Anonyme. Quatre pièces in-12 et in-8°.

302. — Du Fresnoy (De Flines), par D. (*Derond*) —
Fleur et anonyme, par *Nonot* — (des Pon-
cheaux) — (Papejans de Marchoven ou
C. L. Daquin), par *F. Pilsen*. Six pièces.

303. — (Duhamel) — Decaquelon — Courtomer (A. de
St-Simon, Cᵗᵉ de) — Romé de Vernouillet —
Chapais (de), 2 variantes, XIXᵉ siècle — Le
Roux d'Esneval — Seraucourt (J. N. de) —
Boutemont (de). Neuf pièces.

304. — Dupré — (Le Camus) — Colaud (M.) — Vaul-
serre des Adrets (de) — Anonyme. Six pièces.

305. — Dupuy (J. Cochon) — Bonnefous aîné (B.) —
(de Ruaux de Rouffiac) — Destrapieres
(G. M.) — Arnauld De Chesne (J. Noël) —
Petit Séminaire de St-Jean d'Angely —
Adresse typographique de Ridoret, libraire
à Rochefort. Sept pièces.

N° 86 du Catalogue.

306. — Eck (J. M.), Mulhouse — Graffenauer, Stras-
bourg — De Bry (J.) — Sommervogel (J. E. A.)
— Levrault l'aîné — Martinez, Strasbourg.
Six ex-libris typographiques.

307. — (Espivant de St-Perran ou de la Villeboisnet),
2 variantes — Chantrel, St-Brieuc, 2 variantes typographiques — Anonyme aux
initiales F. G. M. Cinq pièces.

308. — Estampes (L. d'), 2 états — Giraud (P.), Bour-
ges — (Dumont?) — Dodart. Six pièces.

309. — Estienne (J.) — Fizeaux le jeune — Mitiffeu
(réimpression) — Fauveau — Larcher (Mich.
et Pierre) — Cousin — Des Avion. Neuf
pièces in-12 et in-8°.

310. — (Fay, imprimeur à Dijon), 2 variantes — Godard
(J.), 2 variantes — Frémiot (A.). 1737 —
(Saulx) — Joly (J. P. — Anonyme. Huit piè-
ces in-12 et in-8°.

311. — Faye (J. Bapt.) — Francœur l'aîné, par *Col-
lard* — Faventine de Fontenille (de), par
P. L. Cor. (Le Cœur?) — Louis le fils —
Huot (J.) par *F. Huot*. Cinq pièces in-8°.

312. — Floquet (P. A.) — Juigné (Raoul de) — Gabard
de Vaux — (Colas de la Noue) — Harlé (P.
L. A.), par *Guillaume* — Frenaye (de la),
par *G. F. Pergeaux*, 1786 — (Jubert de Bouville). Six pièces in-12 et in-8°.

313. — Foix de S¹ Maurice, 2 variantes — Jouvencel
(P. de) — Séminaire S¹ Irénée, Lyon —
Dareste (P.) — Bourlier (P. Ph.) — (Philibert)
— Lafabregue (J.), épr. *enluminée* — Bastian
(F.). Neuf pièces.

314. — (Alphonse Fontanelli, ami de Voltaire, 1736)
— Fleury (Ch.) — Gaulard (de) — Gallois de
Belleville — Gallois de Maquerville, deux
épreuves, une *avant la lettre*. Six pièces.

315. — Fontenay (Anne Paul de), 1751 — Rolland (B.
G.), 1750 — Lorme (de) — Anonymes. Cinq
pièces par *E. Stallin*, une non signée.

316. — Foucault (N. J.), 3 variantes — (J. F. J. de
Faulx) — Fassin. Cinq pièces.

317. — Fouques (réimpression) — Hoisnard (A. R.) —
Cousin — de Berges — Perchel (F.), par
Gouël — Duval de l'Epinoy (L.), par *Cou-
tellier* — Sibert (J.) — Cugnot de Fontenay — Anonyme. Neuf pièces in-12 et in-8°.

318. — Fourille (L. de Chaumejan, Mⁱˢ de) — Luzi-
gnen (Cᵗᵉ de), 2 variantes, une par *Beugnot*,
1769. — (Lambot de Fougères) — Séminaire
de Montmorillon, etc. Dix pièces.

319. — Franssure (Abbé de) — (Le Pelletier de Martinville), 2 variantes in-12 et in-4, par *J. Ch. François*. Trois pièces.

320. — Froment, par *Danchin* — Hecquet, par *Brochery* — (du Plessis?), par *Merché* — (Ziloff) — (Neeft) — Ville de Cambray. Six pièces.

321. — Gaillard (Etienne), 2 variantes par *D. Jacques* — Niepce d'Anneville (De la), Normandie. Trois pièces in-12 et in-8°.

322. — Galiffe (de) — Anonymes à devises. Huit pièces.

323. — (de Gesvres) — Anonyme, par *J. Beaudeau*, Deux pièces grand in-8°.

324. — (Givès de Montguignard?) — Paris (N. J. de) — Paris — (Taillevin) — Patas (J.) — (Dufort de Cheverny). Cinq pièces in-12 et in-8°.

325. — Gougenot de Croissy — Glomy — (J. B.), par lui-même, 1741 — (de Harville des Ursins) — Anonyme, par *Guil. du Vivier*. Quatre pièces in-8°.

326. — Goujon, Avignon — Salamon fils, avocat — Ludovici (Ant.), par *Veyrier*, 1760 — Conceyl (M¹⁵ de) — Anonyme, par *Michel*, Graveur et Imprimeur à Avignon. Six pièces in-12 et in-8°.

327. — Goyon de Thorigny (Famille), 6 pièces, plusieurs variantes — (Clérel de Tocqueville) — (d'Annebault) — (de Menneville, XIXᵉ siècle). Neuf pièces.

328. — (Guyot, Sgr d'Asnières) — (Agard de Moroges) — (Chauveton de St-Léger). Trois pièces in-8°.

329. — Haillet du Fossé — Chef d'hostel (Louis), par *Gouël* — Couvert de Coulons, 2 variantes par *Gouël* — Langlois, par *Gouël* — Midy par *Gouël*. Dix pièces.

330. — Haussy de Robécourt (de) — (Beaulieu, musicien) — Chappron — (Des Essarts, M¹⁵ de Lignières, par *A. H. F.*). Quatre pièces in-1 et in-8°.

331. — Hemery (J. B. et P. N.) — Lonchamp (P. C. M.
de) — Dumas (J. B.), 1757 — Conzie (Mis de)
— Chanu (G.) — Aubert de Vauxelles (G. L.)
— Bacon-Tacon — de Crangeac. Dix pièces.

332. — Ex-libris ou adresse de T. Henry?   — La
Montagne (G. P.), prêtre — Macau (J. F.) —
Anonymes à chiffres. Huit pièces.

333. — Hermand (Alexandre d') — Germain (Le Ch^r
de) — Lacoche — Saint-Joseph (B^{on} de), typographique. Quatre pièces.

334. — Ex-libris à chiffres : Houe (N.), par *C. M. M.*
— (L. M. Vilcardel de Fleury) — Anonyme,
par P. J. D. Trois pièces in-12 et in-8°.

335. — Hue de Caligny — Roussel de Goderville —
Langlois de Fleurigny — Ruault du Plessis
Vaidière — Angerville (Mis d'), etc. Douze
pièces (XVIIIe et XIXe siècles).

336. — (Hurault de Vibraye), par *Baumès* — (de la
Tour de Barbazan) — (Auderic de Lastours),
par *Baumès* — La Luzerne (de) — Postic,
par *Baumès*, réimpression — (de Verlhac) —
Anonymes. Huit pièces.

337. — Irval (d'), par *Derond* — Henssens (d') —
(*Haccart*, avec la devise : *Cum ascia bellica
vinco*) — La Viefville (Cte de) — Massiet
de Maugré, par *Helman inv. 1767*. Cinq
pièces.

338. — Jaucourt (L. et A. F. de) — (Mouret de Bothe-
ran) — Palmes d'Espaing (Cte de), par *Helman*
— Anonyme. Cinq pièces.

339. — Ex-libris à chiffres : Jolly (C.) — Simon (J. P.)
— Anonymes. Neuf pièces in-12 et in-8°.

340. — (Jolyclerc, Lyon) — Anonymes. Dix-sept
pièces de forme ovale, plusieurs rares.

341. — Jouy (Evrard de) — Anonyme (ex-libris?) à la
devise : *Post quam alta...* par *L. G. (Léo-
nard Gaultier)*. Deux pièces.

342. — (De la Barge) — Lattré (J.) — Basselet de la
Rosée (Aloys), 2 variantes — De la Salle (J.)
— De Launoy. Six pièces.

343. — (de la Briffe, propriété des de Laverdy), *avant toute lettre* — Gambais (C. F. de Laverdy, Mⁱˢ de) — Carpentier (Joseph), 2 états — Ex-libris du Chateau de Neuville (xixᵉ siècle). Cinq pièces in-8°.

N° 86 du Catalogue.

344. — (Bᵒⁿ de La Brousse de Veyrazet) — (de Pourtenc) — (La Cropte de Bourzac, xixᵉ siècle) — Belsunce (L. Antonin, Mⁱˢ de) — (de Durfort) — (d'Ampare, xixᵉ siècle) — (Bordes) — (de Maynard de Chaussenyoux) — (de Galard de Brassac). Neuf pièces.

345. — Lacépède l'aîné, 1792 (Cte de), naturaliste —
(Jos. de l'Isle) — Leprince (Ch. L.) — Ber-
trand (L. F.), par *Lacomparde* — Bourgongne (de), 2 variantes par *Cl. Roy* et *Dupin
l'aîné* — (de Pinteville de Cernon) — (Rigoley de Juvigny). Neuf pièces in-12 et in-8°.

346. — La Condamine (C. M. de), voyageur et écri-
vain — Lannoy (Cte de) — Dupont, Trésorier
general de l'École Militaire, par *Maurisset*
— Choderlos de Laclos (J. A.) — Langlès
(L. M.), orientaliste — Morel, Soissons —
Anonyme. Sept pièces.

347. — Laforest, 4 variantes, une avec la devise : *La
Liberté ou la mort* — Montaut (Louis) —
En-tête de papier de l'Armée de Sambre-et-
Meuse (division Ernouf), par *Queverdo*,
d'après *Garnerey*. Six pièces.

348. — Lafosse Chatry — deux variantes, l'une avec
nom de *Taneg. Gale*, l'autre sans nom de
titulaire, signée *R. Whitehand Fecit* — Be-
lain (M. M.) — Epreville (d'), par *Jacques le
jeune*. Cinq pièces.

349. — Lallemant (J. C. A.) — Nesmond (de), évêque
de Bayeux — Notre-Dame de Bellosanne —
Godard (J. J. F), etc. Huit pièces y compris
4 ex-l. typogr.

350. — La Porte (Et. François Cte de) — Guynet de
Montvert (A.) -- Esmangart de Beauval —
Hartmans (F. de) — Anonyme. Cinq pièces
in-8°.

351. — (La Rivière de Mauny) — Begon (Mich.), 1702
— Paris (Nic. Joseph de), Evêque d'Orléans,
par *Vallet*, 1716. Trois pièces in-8°.

352. — (de la Tour, avec la devise : *Turri Aquila Suc-
cessit in Familia*) — (de Latteignant, avec la
devise : *Et vox et purpura terrant*). Deux
pièces in-8° en larg.

353. — Laus de Boissy, 2 variantes — Laferrière (Cte de).
XIXe siècle — Logeois — (F. Le Pellerin, Mis
de Gauville) — Le Roy des Bordes) — Le
Bret (N. F.) — Le Febvre de la Planche (J.
J. A.) — Anonyme. Neuf pièces.

354. — Laval (Alph. de) — Lambert (Intérieur de bibliothèque) — Le Brun de Neuville, deux variantes. Quatre pièces in-18 et in-8°.

355. — Le Bastier (J. M.), par *Moitte* — Luillier Chalendos, par *C. Baquoy* — Loinville (G. de Lays de), par *Michel* — Degilleman delabarre. Quatre pièces in-8°.

356. — Le Bègue de Germiny — Duval, par le *Ch^r de Curel*, sous le pseudonyme *Zapouraph*, 1772 — Curel (Ch^r de), Capitaine à Toul, par *lui-même* — Beurard (abbé), chanoine de Toul, 3 variantes, une par *Z.* 1777 (Ch^r de Curel) — Boucher de Perthes, 2 variantes (XIXe s.). Neuf pièces.

357. — (Lebelin de Dionne), 2 variantes — Bourdon (M. J.) — Verchère de Reffie (H. F.) — Desbois (P.) — Bouché (Ph.), de Cluny, etc. Neuf pièces.

358. — (Le Bret Sgr de Flacourt) — (de Lesquen) — Fontaine de la Barberie (de), Bretagne. Trois pièces in-18 et in-8°.

359. — (Ledesma, B^{on} de St Elix), *dessin à la mine de plomb* — Baudart de St James, *dessin à la plume* lavé d'encre de chine, auquel on a joint un exempl. de l'ex-libris gravé par *Arrivet.*

360. — Le Febvre de Caumartin (P. V. A.), 3 variantes — Campagne (de) — (Castaing) — Anonyme. Six pièces.

361. — (L. M. Lepetit) — Billouet — (Houel d'Houelbourg) — (Richomme de la Mare). Quatre pièces in-12 et in-8°.

362. — (Le Picart de Radeval) — Turgot des Tourailles — Le Bouyer de Monhoudou et St Gervais — (de Fontenelle) — (Pichot des Alleurs) — Dudouet (J. J. P.). Sept pièces in-12 et in-8°.

363. — (Le Sens de Folleville) — De la Fosse (F.), par *I. Toustain*, Rouen — (Durand de Missy) — (Onfroy de Bréville). Quatre pièces.

364. — Lucas, chanoine de Rouen — (Morand du Mes-
nil-Garnier. XVIIᵉ siècle) — Le Cornier de
Sᵗᵉ Hélène) — Le Chevallier (E. N.) — (Scott
de la Mésangère) — (d'Anvirey de Machou-
ville) — (F. H. duc d'Harcourt, académicien)
— Anonyme, légende : *ad astra féror*. Huit
pièces in-12 et in-8°.

365. — (Maignard de Bernières) — (de Faudous) —
(Lonlay de Villepaille ?), 2 variantes — Mane-
val (L. de), par *C. M.*— (de Trimois de Cour-
tonne) — Baillard (C. P.), par *R. H*. Sept
pièces in-12 et in-8°.

366. — Marbeuf (Y. Alex. de), Evêque d'Autun — (de
Raguenel, prélat) — Lanjuinais (Cᵗᵉ de),
XIXᵉ siècle. Trois pièces.

367. — (de Marmet de Vaumale) — (de Cabre, réim-
pression) — (Arnaud) — (J. A. S. Dorel), par
Laurent (non signé) — Lyle Callian (de) —
(Pomme) par *Rouvière* — Samson — (de
Raffelis-Soissan), par *Veyrier* — Cabre
(P. M. de). Neuf pièces.

368. — Martin (L. J.) — Munter — Camus — Morte-
fontaine — (Palissot de Beauvoir, *rare*) —
Conty d'Hargicourt (de) — (Ch. Glairo) —
(Potier de Gesvres), par *Trudon* — Maillar-
dière (Le Fevre de la). Dix pièces.

369. — (Mathe, Touraine) — (Pallu de la Barrière) —
(Le Nain, par *J. Vallet*, 1716, réimpression)
— Grille d'Estoublon (de), par *I. P*. Quatre
pièces in-12 et in-8°.

370. — Mayeur — Melie (M. G. R.) — Marescot de
Lisores (N. F.) — (de Menard de Touchepré-
Tissanges) — Anonyme aux initiales H. I. D.,
par *Brochery* — Michau de Montaran. Six
pièces.

371. — Mellarede — Mouron (J. F. R.) — Mesnil (du).
Trois pièces.

372. — Mionnet, par *Lorthior?* — (Chabenat de Bon-
neuil) — Desmarquets (C.), par *Bourgeois*
— Daripe de la Longue, 2 variantes — Gué-
ret, etc. Dix pièces.

373. — Mongez (Louis) — Victoris (Jean) — La Chapelle (G. de). Trois pièces in-8 dont les
armes ont pour support le même motif :
deux amours sur des nuages.

374. — (de Montfleury, rare) — Melizet (J. J.) — Mon-
vert — Molo (De), par *M. P. A.* — Melie
(M. G. R.) — Mignon. Six pièces in-8°.

N° 162 du Catalogue.

375. — Montmorency-Laval (L. J. de), évêque d'Orléans — Montmorency-Laval aux 1 et 4 La
Vieuville, par *Collin*. Trois pièces in-12 et
in-8°.

376. — (de Moreau, Dauphiné) — Rigod (Am. Julien)
Pierrefeu (Abbé de). Trois pièces in-12 et
in-8°.

377. — Mulié (de) — Ovinet (Ant.) — Origny (d'), le
nom surchargé de celui de La Londrelle,
1773. Trois pièces.

378. — Nozières (Cie de) — Bellamy (J. E.), par *Tubert*
— Audoy (P.) — (d'Albiouze) — Rollet (D.),
Cinq pièces.

379. — Odile — De Mannecourt — Anonyme, att. à
S. *Le Clerc* — Coste, par *Houat* — de Bourgongne, par *Roy* — Bourgongne de Menneville, par *Dupin l'aîné* — Justine Lambert, à
Mirecourt — J. B. Soyer, à Nancy, etc. Onze
ex-libris lorrains.

380. — Ollivier (And.), par *Chalmandrier*, 2 états —
Samin (P.), par *M. Aubert* — Taffin — An-
toine (Dom) — Vielle (N. J.) — Anonymes.
Neuf pièces y compris 4 ex.-l. typ.

381. — Pagan (Th.) — Perratierre (de) — (du Pont
d'Esplas?) — Pinel (P.) — Peuvion (Aug.) —
Pigeau (F.) Six pièces.

382. — Parent (Ch. Cl.) — Caylard de Bermond (J. du),
par *Allin* — Sauvage (Th.), 2 variantes par
Allin et *Lacomparde*. Quatre pièces in-12 et
in-8°.

383. — Paris (N. J. de), évêque d'Orléans, 1733 —
Agoult (d') — (Seguin des Horns, *réimpres-
sion*) — Roman de Rives — (Corbeau de
St-Albin). Cinq pièces in-12 et in-8°.

384. — (Pavyot de St-Aubin) — Bardouville (P. de)
— Debourville — Anonyme, Normandie.
Quatre pièces in-8°.

385. — Pennet de Chaumartin (C. D.) — Sept-Fon-
taines (de) — (Domet de Vorges) — Désiré
(Ant.) — (Belon d'Aligny), par *J. Toustain*
— Vacher (Gilles), 1723 — Jouffroy. Sept
pièces in-8°.

386. — (Pillury?), par *Jeanjean* — Brosse (P. B. De)
— Couvent et collège des FF. Prédicateurs
de Lyon — Couvent et collège des FF. Prédicateurs de Grenoble. Quatre pièces in-8°.

387. — (de Plaa) — Pigeau (F.) — Perrey (J. C.) —
Pontois — (C. de Pleurre) — (de Picquefeu).
Six pièces in-12 et in-8°.

388. — Poilly (L. de), 2 variantes — (Livry (de) —
(Geoffroy de Coiffy (M. A.) — (Piochard de la
Brulerie), etc. Huit pièces.

N° 149 du Catalogue.

389. — (Polastron-Polignac), par *I. T.* (*Toustain ?*) —
Vallat (J.), par *Ramel* — (Soulier de Choisy),
par *Stagnon* — Anselme de S' Victor (d') —
Anonyme. Cinq pièces in-12 et in-8°.

390. — Pontac (abbé de), évêque de Bazas, fin du
XVI° s. — (de Gourgue d'Aulnay) — Faudoas
(M'° de) — (Ruau du Tronchet) — Galtier de
Montagnol — (Anchot, M'° de Mesplez),
2 variantes — (de la Bastide), etc. Onze
pièces.

391. — Poujade de Ladevèze, Cahors — Des Champs
des Tournelles, par *Moreau* — Deschamps
de S' Amand. Trois pièces.

392. — (de Pourtenc) — (de Ballard du Fos de Méry)
— Ledesma (C.) — Allemans (d') — Cosson
de Guimps — (Ledesmé de S' Elix) — S' Elix
(B'° de), *copie* — La Force (D'° de Caumont),
XIX° siècle. — Anonyme. Neuf pièces.

393. — Pringy (R. de), 2 variantes — (Burle de Cur-
ban) — Froment, 1771 — Le Roy de Join-
ville) — Bougainville (de) — Fourqueux
(de), 2 variantes, une par *Crépy le jeune* —
Chappe — Chalut (F. de). — Anonyme. Onze
pièces in-12 et in-8°.

394. — Puech — Buges (Ant.) — Berchoux, chanoine.
Trois pièces in-12 par *Baumés*.

395. — Querangal de Quervisio — (de Chevry) — (de
Groult du Fourneau), par *J. Gosset*. Trois
pièces.

396. — (Mis du Quesnoy) — Lefèvre du Quesnoy (abbé)
— Beaussire (Jérôme) — (L. M. Lepetit),
Quatre pièces in-12 et in-8°.

397. — Quillebœuf, Sgr. de Bethencourt (J. F.), par
Gouël — Du Chemin de la Tour (L. F.) —
Ste Marie M. D'Anuers (A. de), 2 exempl.
Quatre pièces in-8°.

398. — Quillebœuf de Bethencourt, par *Gouël* —
Coquerel. par *K. Hammerville* — Vallon
(P. S.) — (Le Boucher d'Hérouville) — Ano-
nyme. Cinq pièces.

399. — Renard (Dom J. J.) — Placide de Ste Hélène
(R. P.) — Maisonnier (A. L.) — Anonyme,
etc. Sept pièces.

400. — Reuve (de) — Richer — Rostan. Trois pièces
in-8°, la dernière à grandes marges.

401. — Riché (J.) — (de Reboul), 2 variantes — Praire
(j.) — Terrier (J. F.) — de Puget — Courbon (J.) — Chartreux de Lyon, etc. Dix ex-
libris (plusieurs typogr.) lyonnais.

402. — Robert (Franç.) — Dinet (L.) — Noblet de Che-
nelette (Bernard) — Lebrun de Dinteville
(Alex.) — (Villedieu de Torcy). Cinq pièces.

403. — Robin (P. Ant.) — Joly (Florentin), 2 épr. —
Cochet (A. Melch.), 2 épreuves. Cinq pièces.

404. — Rondé (Mme) — Fuligny-Damas (C^sse Ch. de) —
Anlezy-Damas (C^sse d') — (Des Aires de
l'Aigle-Chauvelin) — Chatellenot (Mme de).
Six pièces.

405. — Rouyer de Chauvigny (J. D.), Capitaine au
Rég^t de Champagne — (F. N. Dauphin,
Metz). Deux pièces par *Allin*.

N° 113 du Catalogue.

406. — Rozan (F. P.) — Anonyme, par *A. Soubiran*,
1737 — Quinault du Fresne, par *P. Lagnel*. —
Regnault (J. E. J.) — Regnel — Rozier (F.)
— St Amand (J. P. Ch. de). Sept pièces.

407. — St Chamans (Alb. de) — (G. L. Rouillé d'Or-
feuil, Mis de Marville), par *Varin*, 1774 —
St Marsan (Mis de), par *Stagnon le fils*. à
Paris. Trois pièces.

408. — Ex-libris a chiffres : Serre (A. C.) — (C. Jolly)
— Anonymes. Six pièces In-12 et in-8°.

409. — Sucy (Chr. Louis de), capitaine au Reg' de Champagne, par *Allin* — Bouzie d'Estouilly (A. C. F.), capitaine au Rég' de Champagne, 2 variantes, une par *Allin*. Trois pièces.

410. — Tabouillot (Cl.), par *de Semeuze* — d'Estouteville-Ligneville, par *Aloja* (restauré) — (D. H. de Vendières) — (Lançon, échevin à Metz) — Anonyme, par *Gallimard*, d'après *Vassé*. Cinq pièces.

411. — (Thierrat) — Taizy (de) — Tesson — Thierry (P. Pacot) — Touquet. Cinq pièces.

412. — (de Valperga), 2 états — Rivoire de la Tourette — (Barnier, Dauphiné) — Du Faur Vercours — Montlaur (M¹⁵ de). Six pièces in-12 et in-8°.

413. — Vauville (de) — Vallet de Fayolle — Vidal la Treille — *Villiez*, par lui-même — Villages (de) — Vauving (Guyot-Demarre, de), etc. Huit pièces.

414. — (F. Vialart de Herse) — Loppin de Montmort — Siraudin — Gillet (J. F.), 1778, tiré en ton verdâtre. Cinq pièces.

415. — (Vincent de Tournon), par *Joseph* — Trinitaires de Douai — Le Gillon, in-4°. Trois pièces.

416. — Yse de Saleon (J. d'), archevêque de Vienne, 1740 — (Vacher ou Vachan) — Rigod (Julien). Trois pièces.

417. - Ex-libris typographiques : Bredeault (G.) — Gautier (Ch.) — Duret (J.) — Guyot de St-Michel — Bruté (J.) — Riembault Plivard — Bahezre (G. de). Neuf pièces.

XIXᵉ SIÈCLE

418. — Dugas (P. T.), médecin — Blacas (de). Deux pièces.

419. — Duport-Loriol (Alex. Marie-Elysée), par lui-même. In-8 (mal conservé).

420. — Janvier (Antide) — du Nouy (Nomophile) — Campan (Mᵐᵉ) — Meno (Cᵗᵉ J. de), etc. Neuf pièces.

421. — Jacob (Ch^r), 2 var. — Marshall — Marillier (J.)
— Laurent (L.) — Lahausse (de), etc. Huit
pièces.

422. — Jourdan, chef de bataillon, aide de camp. In-8.
Rare.

423. — Masbou (Le Syndic), 1827 — Dubuisson, 1805
— Maligny (de) — Fourès. Quatre pièces.

424. — *Cabinet de S. M. l'Empereur des Français*,
1815 — Napoléon Wyse (Lucien) — Baccio-
chi (Pce). Trois pièces.

425. — *Bibliothèque du citoyen Napoléon Bonaparte*
— Napoléon (Pce Jérôme) — Canini et
Borghèse (Pces) — Bonaparte (Pce Roland),
etc. Huit pièces.

426. — Neufchateau (N. L. François de), 3 variantes
in-8, gr. in-8 et gr. in-4°.

427. — de Polier, 3 épr. tirées en noir, sanguine et
vert — (Dupleix de Cadignan) — Estadieu
— Larrouy — Martin (J. B.), etc. Douze
pièces.

428. — Tassin (Famille), 6 variantes — Brillard (L. A.)
— Bazin (J.) — Pellieux le jeune — Orato-
riens de Vendôme. Dix pièces, la plupart du
XIXe siècle.

ÉTRANGERS

429. — Alvarez de Abreu (Ant.), par *P. Minguet*, 2 épr.
Canovas del Castillo — Hijar (Duc de). Quatre pièces.

430. — Paix (P^{ce} de la) — *Biblioteca del Rey N. Senor*
— Consulat de Portugal — Almeyda (H. de
Suarès d'). Quatre pièces.

431. — *Bibliotecae Nicolspurgensis Scholarum*, par
Ant. W. Deux épreuves de tirage postérieur.

432. — Bibliotheca civica Vitodurana, par *R. Schellen-
berg*. In-8°

433. — *Bibliotheca Wellerianae*, par *Bernigeroth* —
Seibertz zu Wildenberg — Neustaedter (B^{on}).
Trois pièces.

434. — Blixenstierna (F.), gentilhomme suédois, par
J. Reen. In-8°.

435. — Le même ex-libris.

436. — (Joh. Heiner. Burckhardt), médecin à Bâle
(Gerster 331), par *G. Scotin l'aîné*, 1715.
In-8 à grandes marges.

436 *bis*. — (Cloître de Munster Schwarzach), par
Jos. et *Jean Klauber*, d'après *J. G. Ybelher*.
In-fol. Rare.

N° 439 du Catalogue.

437. — Dunant (A. C.), 2 variantes — (de Praroman —
Anonyme aux initiales I. B. D. S. 2 var. —
Huit pièces.

438. — Keller (F. L.) — Tscharner (E.), réimpression
— Herkommen (F. Besson, E^{or}) — 1er Rég^t
Suisse. Quatre pièces.

439. — Kress à Kressenstein (J. G.), par *Hans Troschel*, 1619. Grand in-8. Rare.

440. — (Bon de Lanan) — Taubenheim (B^{on} de). Deux pièces in-8°.

441. — Mollarth (Ferd. Ernest, comte de), 1697. Grand in-8. Rare.

442. — Muralt (Alb. de), 2 variantes — Boccard (Hubert de) — (R. Sinner), par *Duncker*, non signé — Labat, Sgr de Grandcour. Cinq pièces.

443. — Nelis (C. Franç. de), évêque d'Anvers, par *P. F. Tardieu*, d'après *J. B. Piauger*. In-8°. Epreuve tirée en *sanguine*.

444. — Oe (G. C.), (Intérieur de bibliothèque), par *Andr. Hoeger*, 1741. In-8. Rare.

445. — Sous ce numéro il sera vendu plusieurs exlibris non catalogués.

IMPRIMERIE

F R A Z I E R - S O Y E

155, Rue Montmartre

PARIS

LISTE DES PRIX D'ADJUDICATION

Collection d'Ex-Libris

FRANÇAIS ANCIENS

Vendue à l'Hôtel Drouot les 4 et 5 Novembre 1904

M. LOYS DELTEIL, Expert

Total 10.212 francs

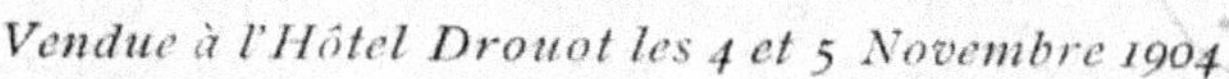

Nᵒˢ	Fr.	Nᵒˢ	Fr.	Nᵒˢ	Fr.	Nᵒˢ	Fr.
1	50	21	16	41	40	61	30
2	19	22	15	42	15	62	33
3	7	23	21	43	17	63	26
4	20	24	24	44	13	64	19
5	19	25	31	45	30	65	12
6	16	26	29	46	21	66	21
7	12	27	30	47	28	67	14
8	21	28	120	48	10	68	14
9	6	29	22	49	17	69	11
10	37	30	3	50	22	70	11
11	19	31	14	51	12	71	10
12	41	32	28	52	6	72	17
13	28	33	20	53	41	73	17
14	12	34	21	54	16	74	20
15	46	35	13	55	26	74 *bis*	51
16	16	36	13	56	34	75	30
17	40	37	14	57	20	76	8
18	15	38	34	58	25	77	6
19	30	39	40	59	16	78	6
20	21	40	25	60	28	79	20

Nos	Fr.	Nos	Fr.	Nos	Fr.	Nos	Fr.
80	36	131	28	182	26	235	25
81	52	132	27	183	21	236	47
82	21	133	14	184	34	237	24
83	30	134	40	185	30	238	26
84	31	135	42	186	30	239	35
85	50	135 bis	25	187	18	240	19
86	30	136	13	188	20	241	20
87	45	137	44	189	35	242	26
88	10	138	34	190	38	243	7
89	7	139	18	191	30	244	17
90	17	140	10	192	12	245	24
91	22	141	39	193	14	246	12
92	22	142	28	194	11	247	8
93	12	143	7	195	38	248	31
94	55	144	62	196	19	249	19
95	22	145	35	197	16	250	17
96	36	146	30	198	27	251	6
97	24	147	50	199	19	252	16
98	36	148	40	200	25	253	18
99	40	149	20	201	19	254	14
100	19	150	30	202	16	255	18
101	17	151	23	203	17	256	27
102	36	152	45	204	6	257	24
102 bis	18	153	29	205	16	258	18
103	17	154	23	206	13	259	23
104	32	155	15	207	25	260	15
105	40	156	20	208	13	261	27
106	40	157	29	209	30	262	16
107	26	158	75	210	12	263	15
108	11	159	16	211	19	264	19
109	21	160	11	212	16	265	21
110	13	161	27	213	16	266	22
111	26	162	7	214	7	267	12
112	12	163	100	215	61	268	11
113	85	164	16	216	38	269	17
114	11	165	15	217	16	270	14
115	30	166	16	218	22	271	16
116	21	167	20	219	13	272	30
117	10	168	11	220	13	273	16
118	8	169	52	221	27	274	15
119	54	170	25	222	21	275	18
120	13	171	20	223	24	276	30
121	7	172	52	224	13	277	25
122	37	173	30	225	40	278	19
123	15	174	15	226	26	279	21
124	34	175	14	227	40	280	12
125	22	176	24	228	20	281	37
126	21	177	30	229	11	282	6
127	16	178	28	230	2	283	24
128	40	179	15	231	21	284	21
129	15	179 bis	10	232	30	285	19
129 bis	20	180	52	233	36	286	26
130	40	181	15	234	22	287	22

Nᵒˢ	Fr.	Nᵒˢ	Fr.	Nᵒˢ	Fr.	Nᵒˢ	Fr.
288.	16	327.	28	366.	16	405.	44
289.	17	328.	12	367.	34	406.	20
290.	13	329.	13	368.	11	407.	32
291.	21	330.	20	369.	18	408.	11
292.	21	331.	13	370.	18	409.	54
293.	24	332.	20	371.	22	410.	40
294.	10	333.	14	372.	23	411.	20
295.	40	334.	9	373.	35	412.	40
296.	35	335.	19	374.	10	413.	19
297.	16	336.	58	375.	28	414.	13
298.	8	337.	19	376.	9	415.	26
299.	22	338.	16	377.	9	416.	20
300.	20	339.	14	378.	12	417.	8
301.	20	340.	40	379.	25	418.	6
302.	19	341.	6	380.	12	419.	14
303.	30	342.	13	381.	10	420-421	19
304.	16	343.	23	382.	68	422.	18
305.	24	344.	26	383.	17	423.	10
306.	18	345.	21	384.	31	424-425	50
307.	10	346.	31	385.	23	426.	23
308.	11	347.	132	386.	15	427-428	22
309.	18	348.	22	387.	14	429.	10
310.	25	349.	15	388.	6	430.	22
311.	20	350.	35	389.	21	431.	10
312.	15	351.	18	390.	26	432.	4
313.	41	352.	10	391.	19	433.	11
314.	18	353.	24	392.	21	434-435	13
315.	40	354.	25	393.	31	436.	19
316.	13	355.	18	394.	67	436 *bis*.	18
317.	41	356.	24	395.	14	437-438	16
318.	14	357.	21	396.	14	439.	23
319.	26	358.	16	397.	16	440.	6
320.	17	359.	20	398.	13	441.	12
321.	9	360.	12	399.	18	442.	14
322.	14	361.	21	400.	13	443.	15
323.	19	362.	23	401.	17	444.	20
324.	19	363.	11	402.	11		
325.	15	364.	20	403.	10		
326.	38	365.	34	404.	18		

Imp. FRAZIER-SOYE, 153, rue Montmartre, Paris.

RED. :

19